Avantia
Die
Mittelebenen
König
Hugos
Palast
Die
rasebenen
Die
Hauptstadt
Errinel
Der
ewundene Fluss
ndrel

Alle *Beast Quest Legend*-Abenteuer:

Band 1: Ferno, Herr des Feuers
Band 2: Sepron, König der Meere
Band 3: Arcta, Bezwinger der Berge
Band 4: Tagus, Prinz der Steppe
Band 5: Nanook, Herrscherin der Eiswüste
Band 6: Eposs, Gebieterin der Lüfte
Band 7: Zefa, Gigant des Ozeans
Band 8: Clark, Riese des Dschungels
Band 9: Soltra, Beschwörerin der Steine
Band 10: Vipero, Fürst der Schlangen

Adam Blade

Beast Quest
LEGEND

Vipero
Fürst der Schlangen

Aus dem Englischen
übersetzt von Petra Wiese

Illustriert von Tobias Goldschalt

Band 10

Loewe

Mit besonderem Dank an
Cherith Baldry

FSC
www.fsc.org
MIX
Papier aus verantwortungsvollen Quellen
FSC® C018236

ISBN 978-3-7432-0801-8
Überarbeitete Neuausgabe des Titels
Beast Quest – Vipero, Fürst der Schlangen
1. Auflage 2021
Für die deutschsprachige Ausgabe:

erschienen unter dem Originaltitel *Vipero the Snake Man*

Erschienen in der Originalserie *Beast Quest*™.
Aus dem Englischen übersetzt von Petra Wiese
Umschlag- und Innenillustrationen: Tobias Goldschalt
Umschlaggestaltung: Elke Kohlmann
Printed in the EU

www.beastquest.de
www.loewe-verlag.de

Inhalt

Es ist nicht vorbei!

Denkt ihr wirklich, dass ich nach einer Niederlage einfach so verschwinde? Nein! Niemals! Ich bin der mächtige Magier Malvel und die Bewohner von Avantia werden noch vor mir erzittern. Ich werde mich am Königreich rächen. Und als Erstes an einem Jungen namens Tom.

Er hat die sechs Biester von meinem Fluch erlöst, aber der Kampf ist nicht zu Ende. Wartet ab, wie es ihm auf seiner neuen Mission ergehen wird. Tom und seine Freundin Elenna treffen auf harte Gegner!

Ich habe sechs neue Biester erschaffen, die böse Herzen haben: Monster-Tintenfisch, Riesenaffe, Steinbeschwörerin, Schlangenmann, Spinnenkönig und dreiköpfiger Löwe. Jedes Biest hütet für mich einen Teil des wertvollsten Heiligtums von Avantia: die Goldene Rüstung. Ich habe sie gestohlen und über das ganze Land verteilt. Wenn der rechtmäßige Erbe sie trägt, erhält er magische Kräfte. Doch Tom wird sie niemals bekommen! Diesmal hat er verloren!

Malvel

In der Wüste

Erbarmungslos brannte die Sonne auf die Wüste nieder. So weit der Blick reichte, dehnten sich Sanddünen aus.

Ein Mann lief durch den Sand. Die Sonne hatte sein schmales Gesicht verbrannt. Er kniff seine Augen zusammen, um sich vor ihrem grellen Licht zu schützen. Wegen der Hitze waren sein Mund ausgetrocknet und seine Lippen rissig geworden. „Wasser", murmelte er, „ich muss unbedingt Wasser finden."

Plötzlich entdeckte er am Fuß einer Düne eine kleine Pflanze mit dunkelgrünen Blättern. Er fiel auf die Knie und riss sie samt den Wurzeln heraus. In der Hoffnung, sie würde ihm ein paar Tropfen Wasser spenden, quetschte er sie über seinem Gesicht aus.

Mit einem verzweifelten Schrei warf er die Pflanze weg. Ihre Blätter enthielten nicht einmal genügend Feuchtigkeit, um seine Lippen zu benetzen.

Er wünschte, er hätte diese gefährliche Reise niemals angetreten. Durchquerte er die Wüste alleine und ohne Vorräte, dann brächte es seinem Dorf Ruhm und Ehre, aber wenn er nicht bald etwas Wasser fand, dann würde er sterben.

Der Mann schluckte schwer, klopfte den Sand aus seinem Gewand und bemühte sich, Stück für Stück die Düne zu erklimmen.

Als er endlich auf dem Hügel ankam, atmete er erleichtert auf, denn im Tal erblickte er einen bläulich schimmernden See. Außerdem entdeckte er Palmen, deren grüne Blätter im Wind wiegten.

„Ich bin gerettet! Ich bin gerettet!" Der Nomade torkelte die Sanddüne hinab.

„Mein Volk wird stolz sein …"

Aber als er unten ankam, verblasste das

Blau des Wassers und die Palmen verschwanden einfach im Sonnenlicht. Entsetzt sank der Mann auf den Boden, griff in den Sand und ließ ihn durch seine Finger rieseln. Der schöne See war eine Luftspiegelung gewesen. Dann legte er seine Hände vors Gesicht und weinte.

Plötzlich hörte er ein Echo. Er sah sich suchend um und erst jetzt fielen ihm die Felsen auf, die hinter ihm aus dem Sand hervorragten. Schließlich erkannte er sogar eine dunkle Öffnung in der Felswand: ein Höhleneingang!

Zuversichtlich stolperte er hinein und murmelte dankbar ein Gebet, weil er endlich Schutz vor den heißen Sonnenstrahlen gefunden hatte.

Er atmete die frische Höhlenluft tief ein und merkte, wie die Kühle wohltuend in seine Kleidung drang.

Doch mit einem Mal spürte er eine eisige Kälte und dass sich etwas seine Beine hinaufschlängelte.

Dem Mann graute es nun. Er wollte fliehen, aber dann wurde er so fest gepackt, dass er der Länge nach hinfiel. Er schlug wild um sich und versuchte, sich zu befreien. „Nein!", schrie er, denn eine Schlange hatte sich um seine Beine gewickelt – doch etwas an dem Tier war seltsam. Es war riesig und sein muskulöser Oberkörper war mit leuchtend roten und mattgrünen Schuppen überzogen. Dies war keine gewöhnliche Schlange, denn nun entströmte ihr eine ungeheure Hitze.

Der Nomade erstarrte vor Schreck, als er bemerkte, dass das Biest zwei Schlangenköpfe hatte. Vier Augen blickten ihn hasserfüllt an und verengten sich zu schmalen Schlitzen. Plötzlich zuckten die Köpfe.

„Nein!", schrie er erneut.

Aber da wurde er auch schon gebissen.

Dann sah er nichts mehr.

Abschied von Errinel

Als sie einige Kilometer von seinem Heimatdorf Errinel entfernt waren, brachte Tom seinen Hengst Storm zum Stehen. Dann drehte er sich um.

„Am liebsten wäre ich noch länger dageblieben", erklärte er seiner Freundin Elenna, die hinter ihm auf dem Rücken des prächtigen Pferdes saß. „Seitdem ich auf Biest-Mission bin, war es das erste Mal, dass ich meine Heimat besuchen konnte."

„Der Abschied war wirklich nicht leicht für dich“, sagte Elenna mitfühlend.

„Es kann lange dauern, bis ich meine Tante und meinen Onkel wiedersehe“, meinte Tom. Zuerst musste er die Mission beenden, mit der er betraut worden war, um danach Aduro, den Zauberer von Avantia, retten zu können. Denn Malvel hatte Aduro entführt und die magische Rüstung gestohlen. Er ließ ihre Einzelteile von sechs schrecklichen Biestern bewachen, gegen die Tom nun kämpfen musste. Drei Teile befanden sich schon in Toms Besitz: der Helm, mit dem er besonders scharf sehen konnte; das Goldene Kettenhemd, das ihm

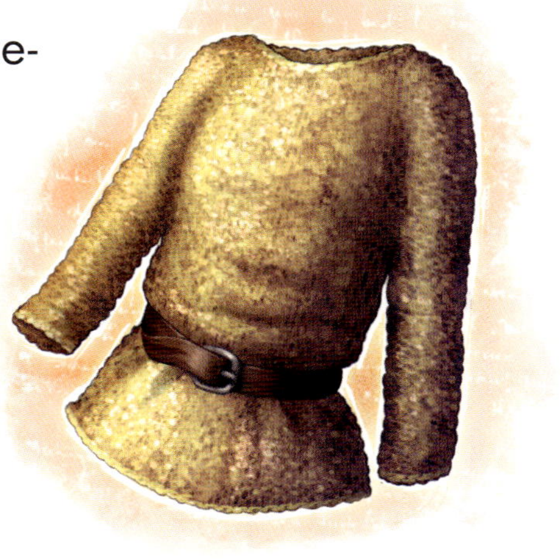

Mut verlieh, und der Brustpanzer, der ihm Stärke gab. Alle Teile waren sicher in Storms Satteltasche verstaut.

Erst wenn Tom alle sechs Teile beisammen hatte, würde er genügend Kräfte haben, um Aduro befreien zu können.

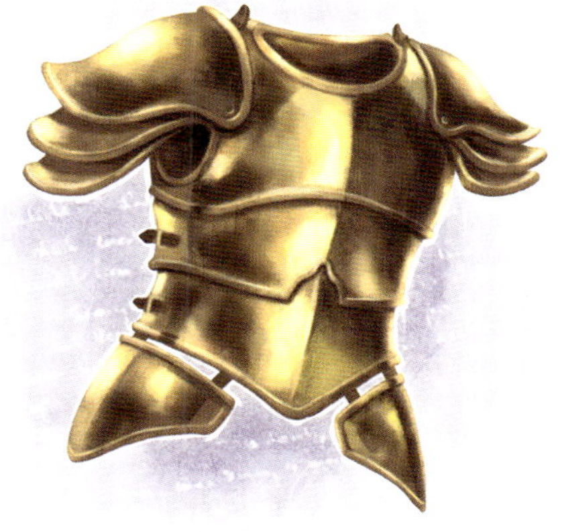

Toms Magen zog sich zusammen, als er an seinen letzten Kampf dachte. Tom hatte das böse Biest Soltra, das Menschen und Tiere zu Stein verwandelte, besiegt. Gleich darauf war Malvels Gesicht erschienen. Der böse Magier hatte Tom gedroht, dass etwas Schreckliches geschehen würde, wenn Tom nicht aufgab. Trotzdem war Tom entschlossen, seine Mission zu beenden.

„Tom“, sagte Elenna, als sie ihre Hand auf seine Schulter legte. „Wir müssen weiterreiten. Das nächste böse Biest wartet schon auf uns.“

„Ja, ich weiß“, murmelte er.

Nachdem Tom seine Gedanken an Malvel verscheucht hatte, fasste er wieder neuen Mut. Er beugte sich vor und tätschelte Storms Hals. „Auf geht's, Junge.“

Silver, Elennas Wolf, bellte zufrieden.

Während Storm die Straße entlangtrabte, dufteten die Kräuter, die seine Tante ihm zum Abschied geschenkt hatte, aus Toms Hosentasche.

„Wozu die Kräuter wohl gut sind?", fragte er nachdenklich.

„Deine Tante meinte doch, dass es Heilkräuter sind", antwortete Elenna. „Hoffen wir, dass wir sie nicht brauchen werden."

„Ja, und wenn doch, dass sie dann nützlich sind", erwiderte Tom.

Mittlerweile ritten sie durch eine hügelige Gegend. Die Hänge waren bewaldet und ein kleiner Bach rauschte in der Nähe. Dem Sonnenstand nach waren sie etwa eine Stunde unterwegs, als sie an eine Kreuzung kamen.

„Wo geht es lang?", wollte Tom wissen.

Elenna holte die magische Landkarte, die ihnen Aduro gegeben hatte, aus Storms Satteltasche. Sie entfaltete das Pergament und blickte auf den Weg, der dort eingezeichnet war.

„Der leuchtende Pfad verläuft Richtung Süden", sagte sie. „In die Wüste."

„Dort ist es noch heißer als im dunklen Dschungel", meinte Tom.

„Ja, du hast recht“, stimmte Elenna zu.

Dann rief sie Silver, der mit heraushängender Zunge zu ihr kam.

„So wirst du nur müde“, schimpfte Elenna. „Ruh dich aus. Du musst deine Kräfte einteilen, sonst hältst du in der Wüste nicht durch.“

Silver wedelte mit dem Schwanz, als ob er sie verstanden hätte. Gemütlich lief er nun neben Storm her.

„Verrät die Karte, welchen Teil der Rüstung wir diesmal erobern müssen?", fragte Tom nach einer Weile.

Elenna hielt ihm das Pergament hin. Er sah mitten in der Wüste ein Paar Beinschützer glänzen. Aber von Malvels Biest war dort nichts zu sehen.

Bei dem Gedanken, dass es hinter jeder Düne lauern konnte, fröstelte Tom. Auf was für ein abscheuliches Biest würde er dieses Mal treffen?

„Es ist sehr weit", meinte Elenna.

„Tagus' Hufeisen wird uns helfen", sagte Tom zuversichtlich.

In dem Schild, den er über der Schulter trug, waren magische Geschenke verborgen. Auf seiner ersten Mission hatte Tom gegen die sechs guten Biester von Avantia kämpfen müssen, um sie zu befreien. Der finstere

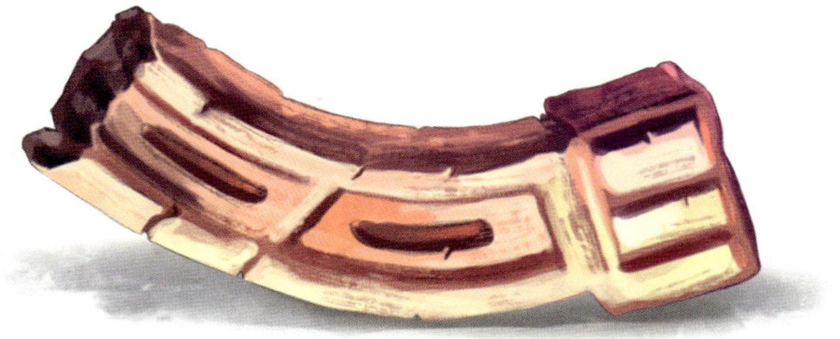

Magier Malvel hatte die freundlichen Schutz-Biester in böse Ungeheuer verwandelt: Ferno, den Herrscher des Feuers, Sepron, den König der Meere, Arcta, den Bezwinger der Berge, Tagus, den Prinz der Steppe, Nanook, die

Herrscherin der Eiswüste, und Eposs, die Gebieterin der Lüfte. Die Biester hatten Tom jeweils ein magisches Geschenk gemacht, nachdem er sie von Malvels Fluch erlöst hatte.

Tagus hatte ihm ein Stückchen aus seinem Hufeisen gegeben, das ihnen Geschwindigkeit verlieh.

Nachdem Tom es berührt hatte, kamen die Freunde tatsächlich viel schneller voran. Noch vor Mittag erreichten sie eine weite Ebene. Dort gab es keinen Fluss oder See mehr. Daher war das Gras braun statt grün.

Als sie weiterritten, wurde die Landschaft immer karger und wieder hügeliger. Die Sonne brannte auf die vier nieder und die Hitze trocknete ihre Münder aus. Storm ließ seinen Kopf hängen und Silvers Schwanz fiel schlapp nach unten, sodass er eine Spur auf dem staubigen Boden hinterließ.

„Wir sollten Storm und Silver nicht mit in die Wüste nehmen“, murmelte Tom besorgt. „Die Hitze wird noch schlimmer.“

Elenna nickte. „Wir müssen jemanden finden, der sich um sie kümmert.“

Storm schüttelte empört den Kopf und Silver jaulte kläglich.

Trotz seiner Sorgen musste Tom lachen. „Sie wollen unbedingt mit“, sagte er.

„Das war klar“, entgegnete Elenna. Ihre Stimme klang traurig, aber entschieden. „Trotzdem ist es in der Wüste für sie zu gefährlich. Wir suchen einen sicheren Platz für sie, bevor wir die Wüste erreichen.“

Schon bald sahen sie die Sanddünen. Am Horizont flirrte der Himmel wegen der großen Hitze und der Wind wehte mehr und mehr Sandkörner herüber. Da entdeckte Tom einen kleinen Hügel. Zuerst glaubte er, dass es ein Felsen sei. Er holte seinen Helm aus der Satteltasche und setzte ihn auf. Augenblicklich sah er viel schärfer und erkannte, dass es nicht etwa Gestein, sondern Häuser waren, die weit vor ihnen lagen.

„Ein Dorf!“, rief er und zeigte mit dem Finger auf die Siedlung.

Elenna seufzte erleichtert. „Endlich“, stieß sie aus. „In meinem ganzen Leben war mir noch nie so heiß!“

Tom schloss für einen Moment seine Augen und träumte von kühlem, frischem Wasser. „Lass uns hinreiten. Bestimmt helfen uns die Menschen, die dort wohnen.“

Er nahm den Helm ab und verstaute ihn vorsichtig in der Satteltasche.

„Vielleicht kümmern sie sich um Storm und Silver“, hoffte Elenna.

„Oder wissen etwas über das Biest“, fügte Tom hinzu, während er Storm Richtung Stadt lenkte.

Durst

Eine unheimliche Stille herrschte, als Tom und Elenna auf das Wüstendorf zuritten. Eine warme Böe wirbelte Sand auf. Die Häuser waren aus rötlichen Steinen gebaut, sodass es aussah, als ob die Gebäude aus dem Sand wuchsen. Die Türen waren zu und Holzläden verschlossen die Fenster. Nun standen sie auf einem leeren Marktplatz. Man hörte nur den Wind durch die Gassen pfeifen. Ein paar vertrocknete Strohbüschel wehten hin und her.

Tom ahnte, dass etwas nicht stimmte.

Er stieg von Storms Rücken. Seine Beine schmerzten und waren steif, weil er lange im Sattel gesessen hatte. Elenna rutschte ebenfalls vom Pferd.

„Die Bewohner haben die Stadt verlassen", flüsterte Tom Elenna zu.

„Warum? Und wo sind sie hin?", fragte sie ihn verwundert.

„Keine Ahnung“, erwiderte Tom. Er drehte sich einmal im Kreis, um die Häuser zu betrachten, die um den Platz herumstanden. „Ob Malvels böses Biest sie vertrieben hat?“

Elenna seufzte. „Wir müssen Wasser finden“, meinte sie. „Storm und Silver brauchen dringend etwas zu trinken und wir sollten einen Wasservorrat mit in die Wüste nehmen.“

Tom zeigte zu einem Steinbrunnen. „Da ist eine Wasserstelle, wo die Einwohner ihre Tiere tränken“, sagte er.

Silver sprang voraus, während Tom, Elenna und Storm ihm folgten. Nachdem er seine Schnauze über den Rand geschoben hatte, jaulte er enttäuscht, denn der Brunnen war ausgetrocknet. Auf den Steinen hatte sich Kalk abgelagert und auf seinem Grund war nur Sand zu sehen.

„Kein Wasser!", stellte Elenna entsetzt fest.

Bevor Tom etwas sagen konnte, knarrte hinter ihm eine Tür und eine Stimme rief: „He, ihr, kommt her!"

Als Tom sich umdrehte, erblickte er eine Frau. Sie trug ein weites braunes Gewand und ein Schleier verhüllte ihren Kopf.

„Seid ihr verrückt, bei der Mittagssonne draußen herumzustehen?", sagte sie. „Sie wird euch verbrennen, wenn ihr nicht schnell ins Kühle geht!"

Sie hielt die Tür auf.

Tom führte Storm unter einen Baum, der ein wenig Schatten bot, und Silver legte sich hechelnd unter Storm. Elenna beugte sich zu ihm hinunter und streichelte ihn.

„Wir kommen bald wieder", versprach sie den beiden Tieren.

Dann gingen Tom und Elenna zu der Frau.

„Haben Sie Wasser?“, fragte Tom.

Die Frau sah ihn erstaunt an. „Wasser? Es gibt nirgendwo Wasser. Die Hitze hat alle Brunnen ausgetrocknet.“

„Das ist unmöglich!“, rief Elenna.

„Leider doch“, antwortete die Frau. „Denn so heiß war es noch niemals am Wüstenrand.“

„Malvel!“, dachte Tom. Er war überzeugt, dass der böse Zauberer dahintersteckte.

„Kommt doch rein“, bat die Frau. „Ich kann nicht mit ansehen, wie ihr hier in der Sonne zerfließt.“

Tom und Elenna folgten ihr in die schattigen Räume. Die Fensterläden sperrten die Wärme aus, sodass es im Innern des Hauses angenehm kühl war.

Die Frau führte sie in ein kleines Zimmer.

Im schummrigen Licht entdeckte Tom ein paar Menschen, die auf dem Boden saßen. Sie schienen sehr erschöpft zu sein, denn als Tom und Elenna eintraten, bemerkten sie die beiden nicht. Nur einer erhob seine Hand kurz zum Gruß.

Auf der anderen Seite des Zimmers lag ein Junge auf einer Matratze. Er wälzte sich hin und her, dabei stöhnte er vor Schmerzen.

Elenna ging zu ihm und legte ihre Hand auf seine Stirn.

In der Mitte des Raumes stand eine Schale Wasser auf dem Boden. Ein Mann stand auf und tauchte ein Stückchen Leinentuch in die Flüssigkeit. Dann legte er den Stoff an die Lippen und saugte das Wasser heraus. Tom und Elenna blickten sich an. Diese Menschen mussten sehr verzweifelt sein, wenn sie auf diese Art tranken. Es bedeutete, dass sie kaum noch Wasser hatten.

„Wir müssen ihnen unbedingt helfen", murmelte Elenna.

Tom wusste, dass sie recht hatte. Aber zunächst wollte er die Menschen selbst um Hilfe bitten.

Er nahm die Frau, die ihn und Elenna hineingebeten hatte, zur Seite. „Meine Freundin und

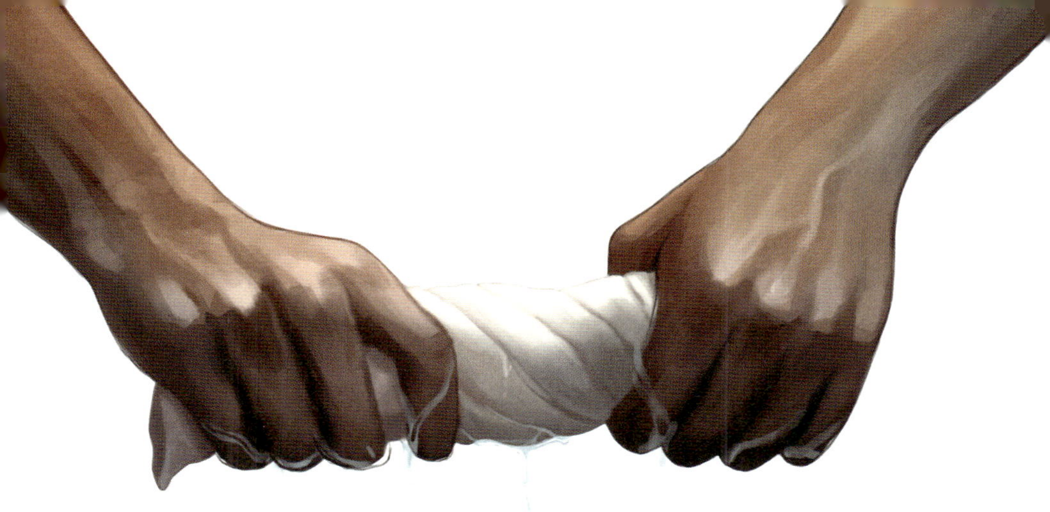

ich müssen in die Wüste gehen", erklärte Tom leise und sah die Frau bittend an. „Können Sie uns vielleicht etwas Wasser abgeben?"

Er fühlte sich schlecht, weil er bei denen um Wasser flehte, die selbst wenig hatten. Aber um ihnen zu helfen, mussten er und Elenna erst Malvels böses Biest aufspüren und besiegen. Tom durfte jedoch keinem etwas von seiner Mission erzählen.

Der Gesichtsausdruck der Frau verhärtete sich. „Sehen wir so aus, als ob wir Wasser im Überfluss hätten?", antwortete sie mit scharfer Stimme. „Es tut mir leid, aber zuerst kommt meine Familie."

„Aber wir müssen …", begann Elenna.

„Ich rate euch, nach Hause zu reiten", unterbrach die Frau sie.

„Das geht nicht", entgegnete Tom.

Die anderen Menschen waren auf ihr Gespräch aufmerksam geworden. Mühsam erhoben sie sich. Plötzlich war Tom von wütenden Männern und misstrauischen Frauen umgeben. Ein Mann ballte seine Faust.

„Sie verstehen es nicht", dachte Tom, „und ich darf es ihnen nicht erklären. Was soll ich bloß machen?"

Ein guter Tausch

Elenna schob sich an den zornigen Menschen vorbei und stellte sich mit hoch erhobenem Kopf neben Tom.

Verzweifelt suchte Tom nach den richtigen Worten. Er wollte die Menschen beruhigen und sie noch einmal bitten, etwas Wasser abzugeben. Aber konnte ihm das wirklich gelingen, da sie doch selbst kaum etwas zu trinken hatten?

Unterdessen wälzte sich der kranke Junge

immer noch auf seinem Lager und redete im Fieber vor sich hin.

„Ich habe einen Vorschlag“, sagte Elenna plötzlich. Sie drehte sich zu der Frau mit dem braunen Gewand um. „Wie wäre es denn mit einem Tausch?“

Tom ahnte, worauf Elenna hinauswollte, denn auch ihm fielen die Kräuter wieder ein, die seine Tante ihnen mitgegeben hatte. Sie steckten noch immer in seiner Hosentasche.

„Wir können helfen“, sagte er und zeigte auf den Jungen. „Wir geben Ihnen fiebersenkende Heilkräuter, dafür bekommen wir ein bisschen Wasser für unsere Reise.“

„Ich gebe euch alles, was ich habe“, antwortete die Frau mit bebender Stimme. „Er ist mein Sohn.“

Die Menschen, die um Tom und Elenna standen, verhielten sich wieder etwas freundlicher.

Elenna drängelte sich an ihnen vorbei und kniete sich neben den Jungen. „Ich brauche heißes Wasser", bat sie. „Außerdem ein Gefäß und einen Stößel."

Die Frau brachte ihr schnell die gewünschten Dinge. Tom gab Elenna eine Handvoll der getrockneten Kräuter aus seiner Tasche und diese schüttete sie in den Mörser. Dann zerrieb Elenna die Kräuter mit dem Stößel zu feinem Pulver.

„Er ist sehr krank", flüsterte sie Tom zu. „Gut, dass wir hier vorbeigekommen sind."

„Zum Glück kennst du dich mit Heilkräutern aus", sagte Tom. Dann dachte er an Malvel. „Das böse Biest hat an allem Schuld. Wir müssen es besiegen!"

Nachdem Elenna die Kräuter zermahlen hatte, brachte ihr die Frau einen Becher mit heißem Wasser. Elenna schüttete das Pulver hinein und verrührte es. Dann schob sie den Arm unter den Kopf des kranken Jungen und stützte ihn, sodass er die Flüssigkeit trinken konnte. Seine Mutter sah besorgt zu. Tom tauchte ein Tuch in die Kräutermischung und tupfte die Stirn des Jungen ab. Augenblicklich stöhnte der Junge nicht mehr. Er atmete erschöpft aus und seine Augen schlossen sich. Nach einer Weile waren tiefe, regelmäßige Atemzüge zu hören. Elenna ließ seinen Kopf auf die Decke sinken.

„Er schläft“, flüsterte sie. „Geben Sie ihm den Rest, wenn er aufwacht.“

„Vielen Dank!“ Die Frau wischte ihre Tränen mit ihrem Schleier ab. „Schon seit Tagen ist er nicht mehr so ruhig gewesen. Ich hole euch Wasser.“

Während Tom und Elenna zur Tür gingen, setzten sich die anderen Leute wieder und blickten ihnen dankbar nach.

Dann kam die Frau und reichte Tom einen Lederbeutel voll mit Wasser. Als sie die Tür aufhielt, schlug ihnen die heiße Luft vom Marktplatz entgegen.

„Es tut mir leid, dass ich vorhin so feindlich

zu euch war. Eigentlich bin ich immer sehr gastfreundlich gewesen, aber wir leben in einer schlimmen Zeit. So eine große Hitze gab es nie zuvor", erklärte die Frau. „Kann ich etwas tun, um meine Unfreundlichkeit wiedergutzumachen?"

Elenna blickte zu Storm und Silver, die unter dem Baum warteten. „Sollen wir sie bitten, sich um unsere Tiere zu kümmern?", wisperte sie Tom zu.

Tom verneinte. Es gab nichts mehr, was die Frau für sie tun konnte.

„Danke", sagte er zu ihr. „Das Wasser war mehr, als wir erhofft haben."

„Viel Glück!", rief die Frau und winkte ihnen zum Abschied.

Tom und Elenna gingen zu ihren vierbeinigen Freunden.

„Warum hast du sie nicht gefragt?“, wollte Elenna wissen. „Wir hatten doch abgemacht, dass wir Storm und Silver nicht in die Wüste mitnehmen.“

„Wir müssen es aber“, meinte Tom mit zittriger Stimme. Er war verzweifelt, nicht helfen zu können.

„Diese Menschen haben wirklich gar nichts! Wir können nicht noch mehr von ihnen verlangen. Was sollen Storm und Silver bei Leuten, die weder Wasser noch Lebensmittel haben?“

„Du hast recht", stimmte Elenna ihm zu. „Aber es wird sehr hart für uns alle!"

Wütend ballte Tom die Faust. „Malvel ist an allem schuld!"

Elenna nickte. „Wo sich das böse Biest wohl versteckt?", fragte sie.

„Keine Ahnung", sagte Tom. Er blickte auf die Sanddünen, die sich bis zum Horizont erstreckten. „Aber wir werden es bald erfahren."

Gefahr

Tom und Elenna nahmen einen Schluck Wasser aus dem Lederbeutel, den ihnen die Frau aus dem Dorf mitgegeben hatte. Dann formte Elenna mit ihren Händen eine Mulde. Tom goss etwas Wasser hinein, sodass Storm und Silver trinken konnten. Danach zog Tom die Teile der Goldenen Rüstung an, die er schon erobert hatte: den Helm, das Kettenhemd und den Brustpanzer. Dann führte er seinen Hengst stadtauswärts.

Sobald die vier Freunde die Häuser hinter sich gelassen hatten, brannten ihre Gesichter von der Wüstenhitze, die ihnen entgegenschlug. Toms Haut begann zu kribbeln. Er spürte den heißen Sand sogar durch die Sohlen seiner Stiefel hindurch. Ängstlich fragte er sich, wie er das Biest bei dieser Hitze besiegen sollte.

„Wir müssen unsere Haut schützen", sagte Elenna, „sonst bekommen wir einen schlimmen Sonnenbrand!"

Tom zog die Ärmel seines Hemds herunter. Die magische Rüstung würde ihn hoffentlich vor der Sonne schützen. Elenna wickelte sich ihren Schal um den Kopf. Nun waren nur noch ihre Augen zu sehen.

Bevor sie weitergingen, holte Tom seinen Kompass aus der Tasche. Er war ein Geschenk seines Vaters, den er nie kennengelernt hatte. Sein Onkel hatte ihm den Kompass überreicht. Denn Tom war bei seinem Onkel und seiner Tante in Errinel aufgewachsen, weil sein Vater, Taladon der Flinke, vor vielen Jahren verschwunden war.

Auf der Rückseite des Kompasses las Tom die Worte „Für meinen Sohn“. Das Kettenhemd verlieh ihm großen Mut, aber durch den Kompass hatte Tom das Gefühl, dass sein Vater neben ihm stünde, um ihn noch tapferer zu machen. Der Kompass zeigte ungewöhnliche Richtungen an, nämlich „Schicksal“ und „Gefahr“. Tom bemerkte, dass die Nadel zwischen beiden Richtungen hin und her schwang.

Offenbar war es noch zu früh, ihn zu benutzen, also steckte Tom ihn in die Tasche zurück. Dann legte er die Hand auf den Schwertknauf und schob seinen Schild auf den Rücken. Dabei dachte Tom an die guten Biester und ihre magischen Geschenke. Sie würden ihm helfen, wenn er sie brauchte. Dafür musste er nur an dem Geschenk reiben, das er von dem jeweiligen Biest bekommen hatte, um es zu rufen.

In der Wüste kamen sie nur langsam vorwärts. Die Tiere waren ganz still geworden. Storm lief tapfer neben Tom und Elenna her. Tom kraulte seine Mähne. „Das machst du prima", lobte er den Hengst. „Hoffentlich bleiben wir hier nicht lange!"

Elenna blickte zu Silver, der in Storms Schatten hinter ihnen hertrottete. „Wenn wir es geschafft haben", versprach sie, „bekommst du den größten Wassertrog von ganz Avantia."

Bald war die Stadt nicht mehr zu sehen und sie drangen immer tiefer in die Wüste vor. Nur der leuchtende Pfad auf Aduros magischer Karte zeigte ihnen, in welche Richtung sie gehen mussten. Nachdem die Sonne fast verschwunden war, ertönte plötzlich ein unheimliches pfeifendes Geräusch.

„Was ist das?", fragte Tom entsetzt.

Er und Elenna drehten sich um. Außer Sanddünen war nichts zu sehen. Da zeigte Elenna nach oben. „Sieh mal!", rief sie.

Tom bemerkte, dass sich ein dunstiger gelber Schleier vor die Sonne geschoben hatte.

„Ein Sandsturm!", rief er.

Über ihnen türmte sich ein riesiger Sandwirbel auf. Als Tom genauer hinsah, formte sich daraus ein schreckliches und zugleich vertrautes Gesicht: Malvel!

Der Sandsturm

Das grausame Gelächter des bösen Zauberers war lauter als das Heulen des Windes. „Der Held von Avantia", höhnte er. „Und? Gefällt es dir hier in der Wüste?"

Der Sandwirbel wurde immer größer, sodass der Himmel nicht mehr zu sehen war. Plötzlich entdeckten Tom und Elenna ihren Freund Aduro zwischen den Sandwolken. An einen Stuhl gefesselt, hing er über einem Gefäß, in dem kochender Teer blubberte.

Entsetzt starrte Tom auf das Bild.

„Nein!", rief Elenna. Vor Schreck schlug sie sich die Hand vor den Mund.

„Was hast du mit ihm gemacht?", brüllte Tom, dabei zog er sein Schwert.

Malvel grinste nur verächtlich. „Was ich getan habe, ist nicht wichtig, dafür aber das, was du tun wirst. Jedes Mal, wenn du auf eurer Mission verzweifelt bist, wird der Stuhl, auf dem euer Freund sitzt, etwas tiefer rutschen. Ob Aduro überlebt, hängt allein vom heldenhaften Tom ab."

Noch während Malvel redete, wurde Tom schon ein wenig mutloser als zuvor. Wieso war er nun auch noch für das Leben des Zauberers verantwortlich? Es war sowieso schon schwer genug, durch die Wüste zu wandern, in der ein unbekanntes böses Biest lauerte.

Da sackte der Stuhl mit einem Ruck tiefer. Tom hörte Malvels höhnisches Lachen. „Das ging schneller, als ich dachte. Du solltest zuversichtlicher sein, sonst stirbt Aduro!"

„Warte nur!" Tom wurde so wütend, dass alle Zweifel verschwanden. Sein Kettenhemd gab ihm neuen Mut. Er würde den bösen Zauberer besiegen.

„Solange Blut in meinen Adern fließt", schwor er, „werde ich um Aduros Leben kämpfen!"

„Du wirst verlieren, Malvel!", rief Elenna.

„Träumt nur weiter!", spottete der böse Magier.

Dann wechselte der Sandwirbel seine Richtung und Malvels Gesicht verschwand, auch der arme Aduro war nicht mehr zu sehen.

Für einen kurzen Moment wusste Tom nicht, was er tun sollte. Doch er bekämpfte diese

Gefühlsregung sofort. Er würde nie mehr zweifeln! Jetzt erst recht nicht, da doch so viel von einem guten Ende seiner Mission abhing.

Tom steckte sein Schwert weg. Der Sand wirbelte heftiger um ihn herum und brannte in seinen Augen. Die Umgebung verdunkelte sich, sodass er Elenna, Storm und Silver nicht mehr erkennen konnte, obwohl sie ganz in der Nähe waren. „Tom!" Elennas Stimme übertönte den Sandsturm. Tom streckte seinen Arm aus und war erleichtert, als er Elennas Hand in der seinen fühlte. Plötzlich riss sie ein mächtiger Windstoß von den Beinen und sie fielen der Länge nach in den Sand. Irgendwo in der Nähe jaulte Silver auf.

Der Sturm tobte und vergrub die beiden fast unter dem Sand. Tom hielt seinen Schild als Schutz in die Höhe, aber immer mehr Sand häufte sich an und drang in ihre Augen. Außerdem wirbelten überall die feinen Sandkörner herum, sodass sie kaum noch atmen konnten. Tom begann sich zu fürchten, denn nun waren sie beinahe ganz verschüttet.

„Endet meine Mission etwa so kläglich?", dachte er.

Da erinnerte sich Tom an seinen Brustpanzer, der ihm Kraft verlieh. Vielleicht konnte er sie beide doch befreien. Tom spannte all seine Muskeln an und drückte gegen den

Sand. Nichts tat sich und er hatte das Gefühl, als würde er gegen einen Felsen drücken. Aber er gab nicht auf, sondern stemmte sich erneut gegen das Gewicht.

Endlich gab der Sand nach. Tom stand auf und Sandkörner rieselten von ihm herab. Schnell schaufelte er Elenna frei.

Seine Freundin hatte jedoch Mühe aufzustehen. Tom streckte ihr seine Arme entgegen und zog sie hoch. Als sie neben ihm stand, hustete Elenna und spuckte Sand.

Tom kniff die Augen zusammen. Obwohl der Sturm nicht mehr so stark war, wehte der Wind noch viel Sand umher und trübte seine Sicht. Aber schon bald entdeckte er Storm, der in einigen Metern Entfernung stand. Nachdem Tom ihn gerufen hatte, kam er herbei. Tom streichelte den Hengst und war froh, ihn wiederzusehen. Aber wo steckte Silver?

Von dem Wolf war nichts zu sehen.

Tom legte die Hand auf Elennas Schulter.

„Silver ist verschwunden!“, rief er besorgt.

Biestspuren

Durch den Sturm hatte sich eine neue Sandlandschaft gebildet. Tom und Elenna kletterten eine der höheren Dünen hoch. Bei jedem Schritt versanken sie knöcheltief im Sand. Als sie oben waren, blickte Tom in die Ferne. Aber wohin er auch sah: In der unendlich großen Wüste fand er Silver nicht.

„Silver!“, rief Elenna entsetzt. „Wo bist du denn bloß?“

Storm wieherte so laut, dass sie zu ihm

hinübersahen. Der Hengst nickte dreimal mit dem Kopf in dieselbe Richtung und wieherte erneut. Tom starrte ihn verblüfft an.

„Er weiß es", sagte Elenna. „Tom, er weiß, wo Silver begraben ist!"

Sie schlitterten die Düne hinab, fielen auf die Knie und begannen hastig dort zu buddeln, wo der Hengst sie hingeführt hatte. Tom schaufelte schnell den Sand weg. Plötzlich stieß Tom auf etwas Hartes. „Ich hab ihn!", schnaufte er.

Er und Elenna gruben weiter. Endlich erschien Silvers Kopf. Sein grauweißes Fell war voller Sand.

„Silver!“, schrie Elenna aufgeregt.

Sie und Tom gruben so lange, bis sie den Wolf befreit hatten. Ängstlich bemerkte Tom, dass Silvers Körper ganz schlaff war.

Elenna beugte sich über ihren vierbeinigen Freund und wischte mit ihrem Schal den Sand aus Silvers Augen sowie von seiner Schnauze.

Plötzlich nieste der Wolf laut. Er blinzelte und sein Schwanz zuckte kurz.

„Er lebt!", rief Elenna mit Tränen in den Augen. „Er kommt wieder zu sich."

Taumelnd stand Silver auf und schüttelte sich. Der Sand flog aus seinem Fell in alle Richtungen.

Erleichtert ging Tom zu Storm und nahm den Lederbeutel vom Sattelknauf. Er gab den

Tieren zu trinken, er und Elenna gönnten sich jedoch nur ein paar Tropfen Wasser. Der Beutel war zwar noch halb voll, aber sie wussten ja nicht, wie lange sie noch unterwegs sein würden.

Tom drückte den Stöpsel ganz fest zu.

„Wir müssen weiter", sagte er.

„Ja, aber wohin?", fragte Elenna und blickte sich um.

Die Wüste sah nach dem Sandsturm völlig anders aus als vorher und ihre Fußspuren waren verweht, sodass Tom weder feststellen konnte, aus welcher Richtung sie gekommen waren, noch, wohin sie gehen mussten.

Er holte Aduros magische Karte aus der Satteltasche. Der leuchtend rote Pfad führte nach wie vor durch die Wüste und endete bei dem Bild mit den Goldenen Beinschützern.

Doch das half ihnen nichts, denn sie wussten nicht mehr, wo sie waren und wie sie den Pfad finden sollten.

Der Sturm verzog sich und sie bemerkten, dass die Sonne noch tiefer stand. Tom wollte ungern die Nacht in der Wüste verbringen, weil Malvels Biest hier ganz bestimmt irgendwo auf sie wartete.

„Wir sollten der Sonne folgen", schlug Elenna vor. „Sie geht im Westen unter."

Tom sah wieder auf die Karte. Das Bild mit den Beinschützern befand sich westlich von der Stadt. Er zögerte kurz. Wenn er die falsche Entscheidung träfe, wäre alles vorbei. Dann fiel ihm Zauberer Aduro ein, der hilflos über dem brodelnden Teer hing. Tom wusste, dass er nicht zweifeln durfte, sondern tapfer und stark sein musste, sonst würde der gute Zauberer sterben.

„Also gut", sagte er, dabei griff er nach Storms Zügeln. „Wir brechen auf."

Es ging zwischen den Dünen entlang und sie folgten der untergehenden Sonne. Die Luft flimmerte dabei vor Hitze, heißer Wind zischte wie eine Schlange und wühlte den Sand auf.

Tom schwitzte unter seiner Rüstung. Überall in seinen Kleidern waren Sandkörner, die entsetzlich juckten. Aber er war entschlossen, sich nicht entmutigen zu lassen. Er würde das Biest finden und besiegen. Er tat es für Avantia und Aduro.

Nachdem sie eine Weile durch den heißen Wüstensand gestapft waren, entdeckte Tom eine merkwürdige gewellte Spur, die sich durch die Wüste zog.

Rasch eilten sie dorthin.

„Schau nur. Das Muster sieht wunderschön aus“, bewunderte Elenna die Abdrücke auf dem Boden.

Tom war verwirrt. „So eine Spur würde Sepron hinterlassen, wenn er sich im Sand vorwärtsbewegen würde, statt im Meer zu schwimmen“, meinte er.

„Sepron würde doch nie in die Wüste kommen“, sagte Elenna.

„Richtig“, erwiderte Tom. „Wir wissen aber, was sich hier herumtreibt!“

„Malvels Biest!“, rief Elenna. Sie sah sich misstrauisch um.

„Glaubst du, dass diese Spur von dem Biest stammt?“

Tom nickte. „Ja, wir müssen ihr folgen!“

Elenna stand auf. „Je eher wir das Biest finden, desto besser“, sagte sie.

Tom ging voran. Die seltsamen Abdrücke führten immer weiter, sodass er allmählich der Meinung war, sie würden niemals enden. Trotzdem beobachtete er die Umgebung aufmerksam und achtete auf jedes Geräusch, denn das Biest sollte sie nicht überraschen. Aber nichts geschah.

Dann veränderte sich die Wüstenlandschaft. Statt Sanddünen tauchten Felsen auf. Sie kamen an stacheligen Kakteen vorbei, die sogar größer als Storm waren. Die geheimnisvolle Spur wand sich durch die Kakteen und führte zu einer Senke.

„Hier versteckt es sich bestimmt", meinte Tom.

Elenna hielt an und blickte sich um. „Dieser Ort ist mir unheimlich", flüsterte sie. „Wir sollten besser ohne Storm und Silver weitergehen."

„Das ist eine gute Idee“, erwiderte Tom. Es war sinnlos, ihre Tiere der Gefahr auszusetzen. Er brachte Storm und Silver in den Schatten eines großen Felsens. Dann gab er ihnen etwas zu trinken und befestigte den Wasserbeutel an seinem Gürtel, bevor er Elenna ein Zeichen gab. „Los geht’s!“

Sie folgten der Spur. Da es immer felsiger wurde, verschwanden die Abdrücke ab und an.

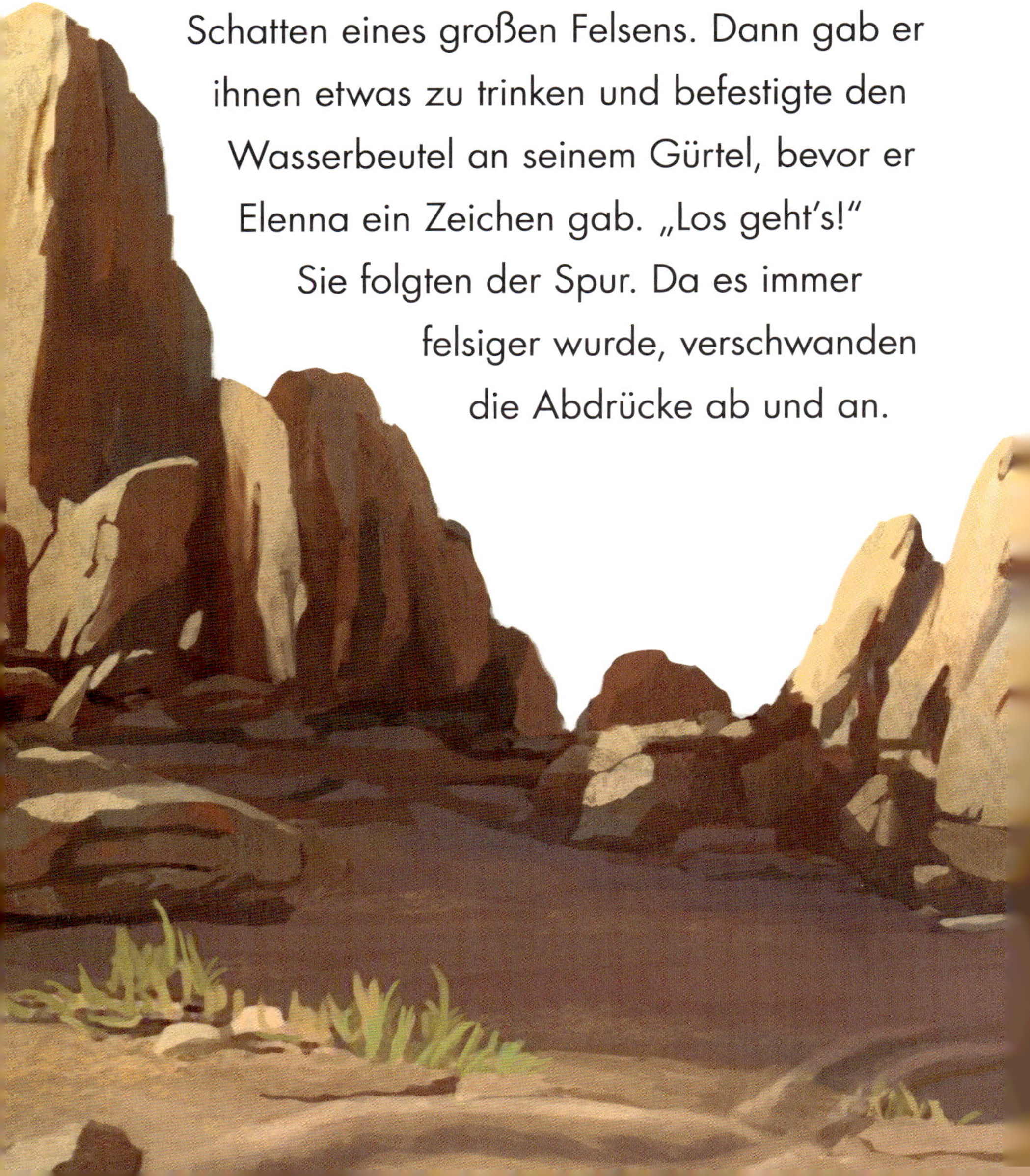

Aber es war noch sandig genug, um die Spur immer wiederzufinden. Schließlich folgten sie ihr an zwei Felsblöcken entlang. Tom und Elenna sahen sich an. Vor Anspannung kribbelte Toms Haut, denn er ahnte, dass das Biest nicht mehr weit sein konnte.

„Ich spüre, dass wir dem Biest ganz nah sind", flüsterte er Elenna zu. „Wir müssen leise sein. Es darf uns nicht bemerken."

Er legte sich auf den Bauch und robbte trotz der schweren Rüstung vorwärts. Elenna war neben ihm. Sie krochen bis zum Rand eines steilen Abhangs, wo die Spur endete. Als Tom hinuntersah, stöhnte er vor Schreck.

Da unten im Tal lag es mit erhobenem Haupt im Sand: Malvels Biest!

Tom und Elenna blickten sich entsetzt an.

In diesem Moment kam Wind auf, peitschte den Sand hoch und säuselte: „Vipero!"

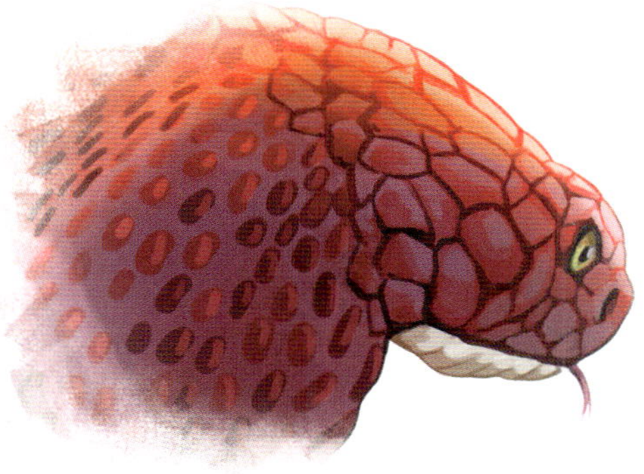

Feuerprobe

Tom starrte nach unten ins Tal. So sah das Biest also aus! Vipero war ein rot-grün geschuppter Schlangenmann, der zusammengerollt im Sand lag. Er hatte einen langen Schlangenschwanz und zwei keilförmige Schlangenköpfe. In der Mitte befand sich der muskulöse Oberkörper eines Mannes. Die beiden Schlangenköpfe pendelten böse zischend hin und her. Viperos Augen, die wie Glasperlen funkelten, beobachteten die Umgebung.

Tom gruselte sich. Dann sah er unter dem Schlangenleib die Beinschützer aufleuchten. Ihre goldene Verzierung funkelte im Sonnenlicht. Obwohl er weit entfernt war, konnte Tom die Hitze spüren, die das Biest ausstrahlte. Es fühlte sich an, als ob er vor einer Feuerwand stünde.

„Deswegen ist es in der Wüste noch heißer als sonst", flüsterte Tom.

„Ja, deshalb sind auch alle Brunnen ausgetrocknet", fügte Elenna leise hinzu.

Tom holte den Kompass seines Vaters aus der Hosentasche. Die Nadel zeigte auf „Gefahr".

Was auch immer ihn erwartete, Tom wollte es sofort mit dem Biest aufnehmen. Außerdem musste er noch mutiger sein als je zuvor. Denn mit jeder Unsicherheit würde Aduro dem kochenden Teer ein Stück näher rücken.

Tom steckte den Kompass zurück. Als er sein Schwert zog, legte Elenna ihre Hand auf seinen Arm. Trotz der Hitze sah ihr Gesicht blass aus. Ängstlich blickte sie Tom an.

„Was hast du vor?", fragte sie. „Ich kann dich nicht ins Unglück rennen lassen."

Tom zwang sich zu lächeln. „Wir schlagen einen Bogen, um uns von hinten anzuschleichen. Das wird ihn überraschen!"

Elenna grinste zaghaft. „Ein guter Plan."

Langsam krochen die beiden weiter. Sie hielten sich so dicht wie möglich am Boden und suchten hinter den Felsen Deckung. Überall um sie herum wuchsen riesige Kakteen mit langen Stacheln, sodass Tom und Elenna vorsichtig an den Pflanzen vorbeirobben mussten. Tom biss sich auf die Lippe, als sich ein dicker Kaktusstachel in seinen Arm bohrte. Auch Elenna wurde gestochen. Sofort wickelte sie den Schal um ihre Hand, damit die Wunde schnell zu bluten aufhörte.

Allmählich näherten sie sich dem Biest. Tom lugte durch die Kakteen. Zum Glück waren Viperos Schlangenköpfe von ihnen abgewandt: Ein Augenpaar beobachtete die weite Wüste, während das andere die Goldenen Beinschützer bewachte.

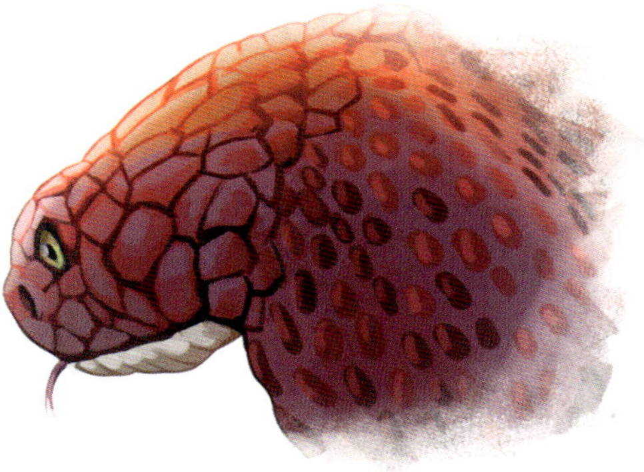

Leider wuchsen die Kakteen dicht an dicht. Als Tom an ihren Stämmen vorbeikroch, blieb der lederne Wasserbeutel an einem Stachel hängen. Das Leder wurde aufgeschlitzt und das kostbare Wasser versickerte im Sand.

„Nein!“, rief Elenna. Sie schnappte den zerfetzten Beutel, führte ihn zum Mund und sog die letzten Tropfen heraus. Im selben Moment hörte Tom ein lautes Zischen, denn Viperos Schlangenköpfe hatten sich blitzschnell in ihre Richtung gedreht. Vier leuchtende Augen suchten die Umgebung ab.

„Leg dich flach hin“, flüsterte Tom. Er und Elenna pressten sich auf den Boden. Dabei

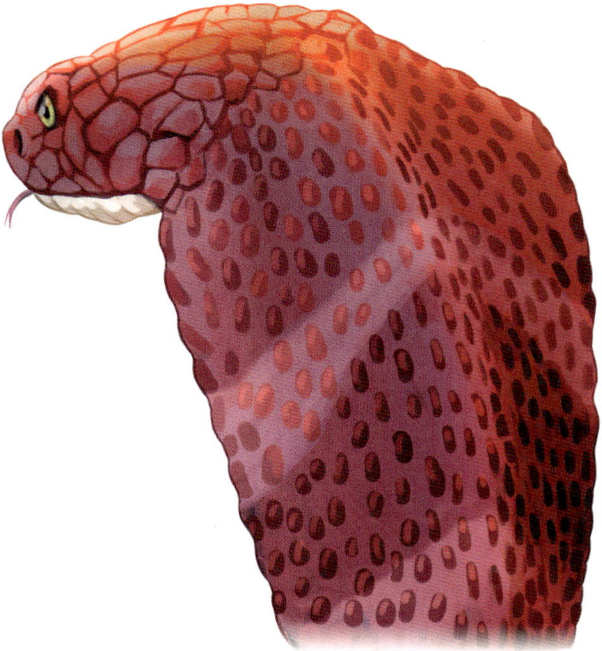

pochte Toms Herz laut. Aber schon bald wurde er wieder ruhiger, denn das Biest hatte sie zum Glück nicht entdeckt.

„Es tut mir leid“, murmelte Elenna.

„Schon in Ordnung“, beruhigte Tom sie. Trotzdem fragte er sich, wie sie ohne Wasser auskommen sollten. Selbst wenn sie Vipero besiegten, mussten sie durch die Wüste zurückwandern. Sein Mund fühlte sich jetzt

schon ganz trocken an. Wieder zog er den Kompass seines Vaters aus der Tasche. Die Nadel pendelte unruhig hin und her. Auf einmal verdunkelte sich der Himmel und Tom blickte auf: Eine kleine Wolke zog vorbei. Als er wieder auf den Kompass schaute, zeigte die Nadel auf „Schicksal".

„Es geht los", sagte Tom.

Giftzähne

Tom und Elenna krochen weiter, bis Tom plötzlich innehielt.

„Komm", flüsterte er. „Wenn wir hier hinter dem Felsen bleiben, dann sieht uns Vipero nicht."

Obwohl der Schlangenmann ihnen noch immer den Rücken zudrehte, liefen sie im Schutz der Felsen auf ihn zu. Außerdem achteten sie darauf, keinen Lärm zu machen, damit das Biest nicht auf sie aufmerksam wurde.

Etwa nach der Hälfte des Weges schaute Tom vorsichtig über die großen Steinfelsen. Verblüfft sah er, dass sich dahinter nun ein kleines Tal mit einem See ausdehnte.

„Wie konnten wir ihn nur übersehen?", fragte er leise.

Da kletterte Elenna auch schon über die Felsen und rannte zum See. Tom folgte ihr. Er stellte sich vor, ins kühle Wasser zu springen.

Stolpernd lief er über die Felssteine, bis er plötzlich stürzte. Sofort rappelte er sich wieder auf und torkelte die letzten Schritte auf den See zu. Als Tom sich an der Stelle zu Boden warf, wo er Wellen sah, hörte er ein Zischen.

Anstelle von kaltem Wasser fühlte Tom nur heißen Sand. Sein enttäuschter Schrei verlor sich in der endlosen Wüste. Sie waren auf eine Fata Morgana, eine Luftspiegelung, hereingefallen. Der See war ein Trugbild gewesen. Hier im Tal gab es nichts außer Sand und Sonne.

Elenna hockte erschöpft neben ihm. Sie hielt sich ihre Hände vors Gesicht und versuchte, ihre Tränen zurückzuhalten. Toms Kehle schnürte sich zu. Obwohl ihm der Goldene Brustpanzer Selbstvertrauen gab, dachte er,

dass die Wüste sie besiegt hatte, noch bevor es überhaupt zu dem Kampf mit dem Biest gekommen war.

Aber dann erinnerte er sich an seinen Freund Aduro, der über dem kochenden Teer hing. Nun war er bestimmt wieder ein Stückchen weiter nach unten gerutscht, denn Tom war kurz davor gewesen, aufzugeben. Oder war es vielleicht sogar schon zu spät und Aduro bereits tot?

„Nein“, dachte Tom. Er gab die Hoffnung nicht auf. Mühsam rappelte er sich hoch, fest entschlossen weiterzumachen.

Da fiel ein Schatten auf ihn. Tom blickte nach oben, weil er glaubte, dass wieder eine Wolke vorüberzog. Aber der Himmel war strahlend blau. Plötzlich schwankte der Schatten und ein heißer Luftzug strömte Tom entgegen. Dann erkannte er zwei Schlangenköpfe.

Es war das Biest!

Tom sprang gerade noch rechtzeitig zur Seite, sodass Viperos Zähne ins Leere trafen und sein Gift in den Sand spritzte.

Tom griff Elenna am Arm: „Der Kampf geht los!“, rief er und setzte seinen Helm auf.

Viperos Schlangenhälse schnellten ihnen entgegen und aus seinen Mäulern blitzten die

Giftzähne hervor. Der faulige Gestank, der aus den weit aufklaffenden Rachen strömte, nahm Tom fast den Atem.

„Auf die andere Seite!", rief er. Er wich dem Biest aus, während Elenna in die entgegengesetzte Richtung sprang, über den Sand rollte und schnell wieder aufstand. Vipero fauchte wütend.

„Dieser Kampf wird sehr schwer werden“, dachte Tom, denn es war das erste Biest, das Tom und Elenna gleichzeitig angreifen konnte. Außerdem war es in Viperos Nähe unerträglich heiß. Tom zog sein Schwert und hielt seinen Schild schützend vor sich. Es krachte laut, als Viperos Giftzähne die glatte Oberfläche trafen.

„Elenna!“, rief Tom. „Wir lenken ihn ab. Wenn ich dir ein Zeichen gebe, schleichst du dich von hinten an!“

Elenna hob ihre Hand, denn sie hatte Tom verstanden. Zwar schnaufte sie wegen der Hitze, aber sie blickte Tom entschlossen an.

Tom schwang sein Schwert. Die Klinge sauste nur knapp an Viperos Köpfen vorbei. Das Biest zischte verärgert und wollte sich auf ihn stürzen.

„Jetzt!“, schrie er. Elenna warf sich auf den Schwanz des Schlangenmanns. Verdutzt drehte sich einer von Viperos Köpfen nach hinten. Aber Tom hatte nicht mit der Schnelligkeit des Biests gerechnet. Bevor er etwas tun konnte, biss die Schlange Elenna in den Arm und bohrte ihre Giftzähne tief hinein. Sie schrie vor Schmerz auf und ließ Viperos Schwanzende los. Dann fiel sie in den Sand, wo sie liegen blieb.

Erschrocken starrte Tom seine leblose Freundin an. Was hatte er nur getan?

Der Kampf

Vipero starrte Tom weiter an, der noch immer regungslos dastand. Er konnte nicht fassen, was passiert war, und wollte zu Elenna rennen, aber das Biest versperrte ihm den Weg.

„Schlangenmann!“, rief Tom mit einem Mal, denn das Kettenhemd hatte ihm eine Extraportion Mut verliehen. „Bist du tapfer genug für mein Schwert?“

Viperos Schlangenköpfe zuckten hin und her, sodass Tom nicht wusste, welchen davon er zuerst bekämpfen sollte. Wenn er auf den einen hieb, dann schossen die Giftzähne aus dem Maul des anderen hervor. Jedes Mal, wenn Tom mit dem Schwert zuschlug, traf er daneben.

Vipero versperrte den Weg zu den Goldenen Beinschützern und zu Elenna. Vor lauter Hitze schwirrte Tom der Kopf. Lange würde er den Kampf nicht durchstehen. Tom ahnte, dass das Biest wartete, bis er ganz kraftlos wäre. „Alleine", dachte Tom verzweifelt, „werde ich dieses Biest niemals besiegen. Mit den vier Augen kann es mich genau beobachten, bevor es mich angreift. Und mit der Hitze, die es ausströmt, will es mich müde machen."

Plötzlich hörte Tom Wiehern und Schnauben. Zuerst glaubte er, es wäre Einbildung, aber als er sich umdrehte, sah er Storm und

Silver durch den Sand laufen. Als seine vierbeinigen Freunde ihm zu Hilfe eilten, spürte Tom neue Kraft in sich aufsteigen.

Storms Fell war schweißnass und Silver hechelte laut, aber sie stürmten ohne Zögern auf Vipero zu. Das Biest richtete sich höher auf. Seine beiden Rachen waren so weit aufgerissen, als ob es den Hengst und den Wolf gleichzeitig beißen wollte. Aber Storm und Silver ließen sich nicht einschüchtern. Der

Wolf heulte Furcht einflößend und der Hengst bäumte sich auf und schlug mit den Hufen.

Das war die Gelegenheit! Tom stürzte vor und hieb mit dem Schwert auf Vipero ein. Seine Klinge durchtrennte mit einem Schlag die zwei Hälse, sodass Viperos Körper im Sand landete.

Erleichtert sackte Tom zusammen. Ein weiteres böses Biest war bezwungen. Jetzt konnte er endlich zu Elenna laufen. Doch dann hörte er ein bösartiges Zischen. Tom blickte voller

Schreck zu den Schlangenköpfen: Sie bewegten sich! Viperos Körper war tot, aber seine Köpfe lebten als Schlangen weiter. Damit hatte Tom nicht gerechnet.

„Ich brauche dringend Hilfe“, dachte er. Er sah sich verzweifelt die magischen Geschenke an, die in seinem Schild steckten. Welches gute Biest von Avantia sollte er rufen?

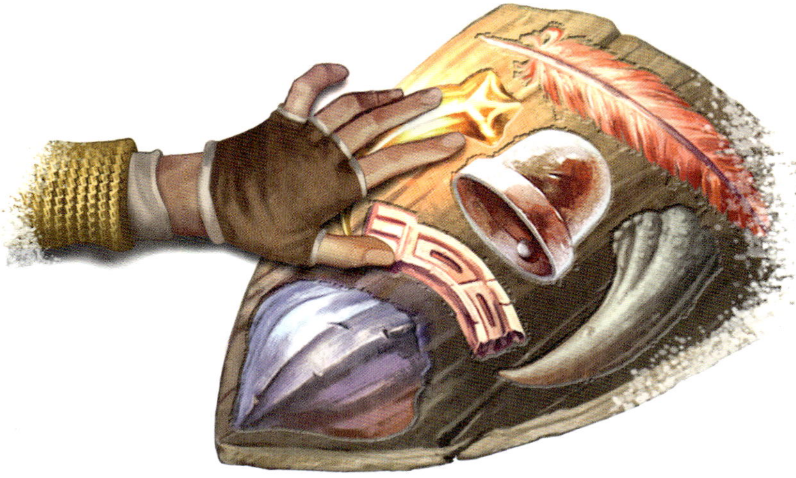

„Eposs", sagte er laut und rieb schnell die Kralle des Feuervogels. Hoffnungsvoll hielt Tom nach der Gebieterin der Lüfte Ausschau. Aber trotz seines Goldenen Helms entdeckte er Eposs am weiten Himmel nicht.

Da schlängelten die beiden Reste von Vipero auf Tom zu. Vergebens hieb er mit dem Schwert immer wieder auf die zischenden Köpfe ein.

„Eposs, wo bist du? Beeil dich!", flehte er.

Blitzschnell schwang er seinen Schild herum, um die angriffslustigen Mäuler abzuwehren. Dabei taumelte Tom, fiel der Länge nach in den Sand und verlor sein Schwert.

„Jetzt ist es vorbei!", dachte er. „Malvel hat gewonnen."

Eposs

Gerade als Tom aufgeben wollte, hörte er ein Krächzen und sah nach oben.

Eposs tauchte endlich am Himmel auf!

Die Gebieterin der Lüfte sah beeindruckend aus. Ihre rotgoldenen Flügel glänzten heller als die Sonne, sie zog einen Feuerschweif hinter sich her und ihre Federn funkelten wie pures Gold.

Mit ihren scharfen Krallen stürzte sie auf Viperos Köpfe zu, die schnell zurückwichen.

Als Eposs wieder höherstieg, schlängelten die Köpfe erneut vor. Sofort schoss Eposs auf sie zu und trieb sie zurück. Obwohl sie es noch ein paarmal versuchten,

gelang es ihnen nicht, Tom zu erwischen.

Mittlerweile war er aufgestanden und hob sein Schwert auf. Dann trat Tom den Schlangen entgegen.

Aber plötzlich zögerte er: Konnte er sie überhaupt mit dem Schwert besiegen? Was wäre, wenn die Reste von Vipero weiterlebten und ihn angriffen? Angestrengt überlegte er, wie er sie trotzdem schlagen könnte.

Da fiel sein Blick auf einen großen Kaktus mit langen, gefährlichen Stacheln. Das war die Lösung! Um Vipero zu töten, musste er die Köpfe aufspießen.

Tom wedelte mit dem Schwert und ging rückwärts zum Kaktus. „Kommt schon!", rief er dabei laut.

Die Schlangen sausten durch den Sand und bäumten sich angriffslustig vor Tom auf.

Er blickte in ihre weit aufklaffenden Rachen und sah aus den Zähnen Gift in den Sand tropfen. Als ihm ein beißender Gestank entgegenschlug, hielt er den Atem an.

Auf einmal schnellte ein Kopf vor, doch Tom wich geschickt zur Seite aus. Die wütend zischende Schlange konnte ihre Richtung nicht so schnell ändern und biss in den Kaktus. Sofort versuchte sie, sich von den Stacheln loszureißen, aber sie schaffte es nicht.

„Da hast du's!", triumphierte Tom.

Er rammte sein Schwert in das Biest, um es endgültig zu besiegen.

In diesem Moment stürzte sich Eposs auf das andere schlängelnde Biest, krallte es sich und schleuderte es ebenfalls gegen den Kaktus.

Dann stieg Eposs höher. Sie flatterte mit ihren mächtigen Flügeln und erzeugte so einen Feuerball. Damals, als sie noch unter Malvels bösem Bann gestanden hatte, hatte sie diese mörderische Waffe gegen Tom gerichtet, aber heute half sie ihm damit.

Nun wand sich die andere Schlange hin und her, um sich von den Stacheln zu befreien. Tom zog sein Schwert aus dem Biest und trat zurück, um dem Feuerball Platz zu machen. Als er merkte, dass die lodernde Kugel ihr Ziel zu verfehlen drohte, gab er dem brennenden Ball einen Schlag mit dem Schwert. Das Feuer landete genau auf dem Kaktus, der augenblicklich in Flammen aufging.

Viperos Köpfe verbrannten und ein schriller Schrei ertönte. Plötzlich schlüpften Hunderte kleine Schlangen aus dem Feuer. Rasch schlängelten sie hinter die Felsen oder bohrten sich in den Sand. Nach wenigen Sekunden waren sie verschwunden.

Tom stöhnte erleichtert auf. Endlich war Vipero besiegt.

„Danke, Eposs!“, rief er.

Aber er hatte keine Zeit, seinen Sieg zu feiern. Er musste Elenna helfen. Schnell lief er zu ihr und hockte

sich neben sie.
Silver stand bei ihr
und winselte ängstlich.
Elennas Brustkorb hob und
senkte sich, aber sie war bewusstlos.

An der Stelle, wo Vipero sie gebissen hatte, war der Arm rot und angeschwollen.

Er legte Elennas Kopf auf seinen Schoß und holte die restlichen Kräuter seiner Tante aus der Tasche. Dann rieb er sie in die Bisswunde. Trotzdem rührte Elenna sich nicht.

Tom ließ ein paar Kräuter in Elennas Mund rieseln. „Elenna, bitte“, sagte er verzweifelt.

Eposs schwebte währenddessen über den beiden, als aus ihrem Auge auf einmal eine kristallklare Träne in Elennas Mund tropfte. Da leckte sie ihre Lippen und schluckte die Kräuter herunter.

Silver stupste sie sanft an. Endlich schlug Elenna die Augen auf. Als sie Tom und Eposs sah, breitete sich ein strahlendes Lächeln auf ihrem Gesicht aus.

„Tom, du hast es geschafft!", rief sie.

Er half ihr, sich aufzusetzen. Silver leckte glücklich über ihr Gesicht und sie umarmte ihn. Tom bemerkte, dass die rötliche Schwellung auf ihrem Arm zurückging.

Er zitterte vor Anstrengung und entdeckte daher erst jetzt die Goldenen Beinschützer im Sand. Noch während er sie überzog, ließ die Erschöpfung in seinen Beinen nach und er fühlte sich, als könne er die ganze Wüste durchqueren. Wieder hatte er neue Kraft dazugewonnen!

Trotzdem blickte er besorgt über die nicht enden wollenden Sanddünen. Wie sollten sie jemals wieder aus der Wüste herausfinden? Die Luft hatte sich zwar etwas abgekühlt, seit er Vipero besiegt hatte, aber es war immer noch heiß und ganz ohne Wasser waren sie verloren.

Mit einem Mal krächzte Eposs, landete neben ihnen im Sand und breitete ihre Flügel auf dem Boden aus.

„Sie will uns mitnehmen!", rief Tom.

Elenna und Tom kletterten auf den Rücken des Flammenvogels, dann sprang Silver auf. Mit ihren riesigen Krallen griff Eposs sich Storm und stieg dann hoch in die Luft.

Die Sonne war untergegangen. Sie flogen über die Dünen, bis ihnen eine dunkle Wolke entgegenkam. Als sie sich näherte, erkannte Tom erst Malvels Gestalt und dann Zauberer Aduro, der dicht über dem Teer hing.

Tom wurde fürchterlich wütend. „Ich habe

ein weiteres Biest besiegt und meinen Mut nicht verloren!", rief er, dabei klammerte er sich an Eposs' Federn.

Malvels Augen funkelten böse, weil Tom und Elenna der Wüste entkommen waren.

„Diesmal hattest du noch Glück", sagte er und grinste hämisch. „Aber warte nur ab. Bei dem nächsten Biest werdet ihr vor Angst aufgeben." Sein Gelächter dröhnte durch die Luft. „So eine Spinne habt ihr noch nie getroffen!"

„Ich werde gegen jedes Biest antreten", entgegnete Tom furchtlos.

„Warum kämpfst du eigentlich nicht selbst mit uns, Malvel?", fragte Elenna. „Bist du zu feige?"

Doch sie bekam keine Antwort, weil die Wolke sich bereits wieder auflöste.

Da flog Eposs auch schon zur Erde und landete in der Nähe der Stadt am Wüstenrand.

Sobald Tom, Elenna, Silver und Storm auf dem Boden standen, schwang der Flammenvogel kräftig seine Flügel. Seine feuerumsäumten Schwingen trugen ihn höher und höher.

„Danke!", rief Tom Eposs nach. „Hoffentlich sehen wir uns bald wieder!"

Elenna winkte zum Abschied, als die Gebieterin der Lüfte eine Ehrenrunde über ihren Köpfen drehte. Dann wurde Eposs immer kleiner, bis sie nur noch ein Punkt am Horizont war, der schließlich in der untergehenden Sonne verschwand.

Einen Moment lang schwiegen sie.

Dann lächelte Elenna. „Du siehst wie ein echter Ritter aus, Tom", sagte sie.

Tom streckte sich. Mit dem Goldenen Helm auf dem Kopf, dem Kettenhemd, dem Brustpanzer und den Beinschützern fühlte er sich auch wie ein echter Ritter.

Aber würde er es wirklich schaffen, seine Mission zu beenden? Schon bald stand ihm

die nächste Aufgabe bevor. Würde er auch die Spinne besiegen können, von der Malvel gesprochen hatte? War er tapfer genug, um Aduros Leben zu retten?

Tom holte tief Luft. „Los geht's, Elenna", sagte er. „Wir müssen das neue Biest finden!"

Das will ich lesen!

Band 8
ISBN 978-3-7432-0771-4

Band 9
ISBN 978-3-7432-0800-1

Begleite Tom und Elenna auf ihrer Mission.

Das Königreich Avantia schwebt in großer Gefahr!
Nur Tom, der Auserwählte, kann es auf seiner
gefährlichen Mission vor dem Untergang bewahren.

Loewe
Das will ich lesen!

Der Wald des
Grauens
Das westliche Meer
Die rote Wüste